Los Siete Mares
en la Bañera de Bernardo

OCÉANOS
FLYING RHINOCEROS®

Douglas Kelly

Ray Nelson, Jr.

Introducción por la Asociación Americana de Zoológicos y Acuarios
por el Director Ejecutivo Sydney Butler

Para Bruce McKean

Un Lugar Lleno de Maravillas

El Oregon Coast Aquarium (Acuario de la costa de Oregon) es una organización privada sin fines de lucro, dedicada a la educación. Su meta principal es educar a una amplia gama del público acerca de los recursos naturales únicos y abundantes de la costa de Oregon, para que ellos mismos puedan ser administradores responsables de los recursos de hoy y del futuro. Todos los materiales educativos que se encuentran en "Los Siete Mares de la Bañera de Bernardo" han sido recopilados y verificados con la cooperación de Allen Monroe y sus colaboradores del Oregon Coast Aquarium.

Oregon Coast Aquarium

2820 SE Ferry Slip Road

Newport, Oregon 97365

503-867-3474

Número de tarjeta en el catálogo de la biblioteca del congreso: 2002100005

ISBN: 1-59168-016-6

Introducción

Más de la mitad de la superficie del mundo se encuentra cubierta de agua. En estos océanos y mares viven millones de peces, pájaros, y animales. Aunque en ciertos momentos nos sentimos un poco apretados, los seres humanos tenemos que compartir el planeta con todas estas criaturas.

¿Cómo podemos asegurarnos que nuestros océanos permanezcan protegidos de peligros tales como la contaminación?

Si vamos a convivir en armonía con estas criaturas, es importante que aprendamos lo más que podamos acerca de la fauna de nuestros océanos y del mundo que los rodea. La educación nos permitirá proteger y conservar lo mejor posible estos delicados hábitats y su fuente de alimentación. ¡Leyendo, tomando clases, y visitando zoológicos y acuarios, vamos a preparar nuestra sociedad para asegurarnos que unos de los recursos más increíbles de la Tierra estarán disponibles para ser disfrutados por generaciones futuras!

Sydney Butler
Director Ejecutivo
American Zoo and Aquarium Association
(Asociación Americana de Zoológicos y Acuarios)

3

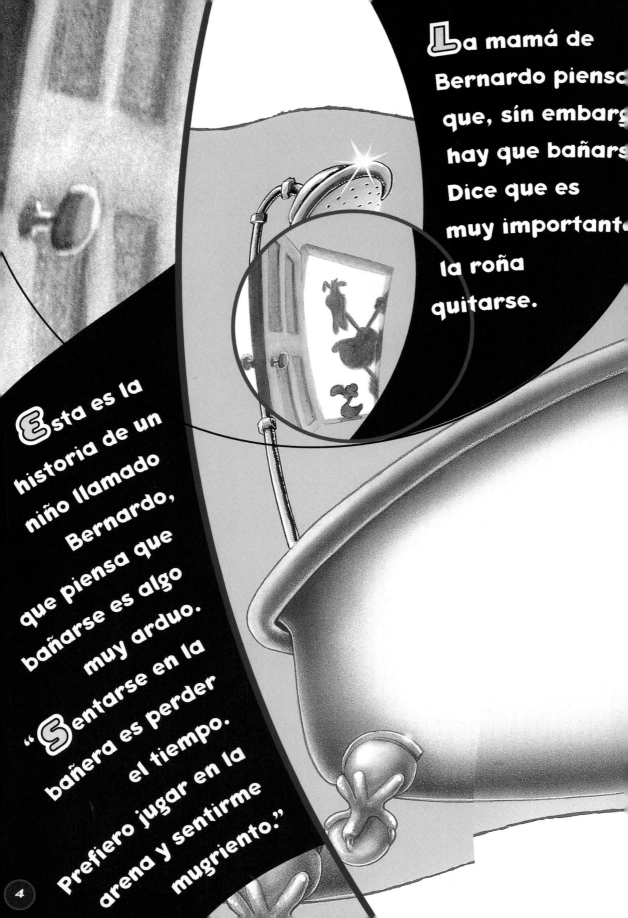

La mamá de Bernardo piensa que, sin embargo, hay que bañarse. Dice que es muy importante la roña quitarse.

Esta es la historia de un niño llamado Bernardo, que piensa que bañarse es algo muy arduo. "Sentarse en la bañera es perder el tiempo. Prefiero jugar en la arena y sentirme mugriento."

4

Por eso...todas las noches Bernardo
y Amalia se meten en la bañera.
Es un destino peor que la muerte:
una buena enjabonada les espera.

"Por mucho que me esfuerce, siempre me entra jabón en un ojo,

y los dedos se me arrugan como garbanzos en remojo.
Realmente me molesta – no me gusta bañarme.
Es algo muy sencillo: ¡detesto mojarme!"

Bernardo terminó
su baño y ya de la
tina salía, cuando
vio algunas
burbujas que
por el agua
se movían.

Un millón de pequeñas
burbujas burbujeantes,
por encima de una nariz
blanca, negra y brillante.

Bernardo casi se desmayó y su perra Amalia empalideció, porque de la bañera, lanzada, ¡una enorme orca salió!

"Pasaba por aquí nadando y escuché lo que decías," cantó la ballena, y no entiendo por qué te espanta tanto una bañera de agua llen

"Así es que no frunzas el ceño y deja de quejarte palabrero, es hora de embarcarnos en un mágico crucero."

Entonces un viento salado y fresco del nordeste empezó a soplar, y las corrientes y las olas se empezaron a agitar.

12

Levantaron las anclas, la bañera quedó suelta, y con un "¡Anclas arriba!" se hicieron a la mar abierta.

Opérculo
(cobertura ósea de las agallas)

Aleta dorsal

Aleta caudal

Aleta anal

Aleta pectoral

Los peces están cubiertos de una capa mucosa que los ayuda a deslizarse a través del agua y los protege de parásitos.

Escorpina negra y amarilla

¿Cómo respiran los peces debajo del agua?

Los peces necesitan oxígeno como los seres humanos. Las personas respiran oxígeno del aire, pero los peces respiran oxígeno "disuelto" en el agua. Ellos bombean el agua a través de sus agallas, y el oxígeno pasa por estas finas membranas directamente hacia la corriente sanguínea del pez.

"¿Ves?", dijo la ballena, "los peces se bañan a todas horas, contentos. Están siempre muy limpios..."

Peces grandes, peces pequeños

El pez más grande del mundo es el tiburón ballena. Puede llegar a medir hasta 50 pies (15m) de largo y pesar 20 toneladas (40,000 libras). El pez más pequeño es el gobio enano de Filipinas, que mide menos de media pulgada (centímetro y medio) de largo.

Ángel de mar

Zorro ojón pequeño

Navajón azul

"**N**o sucios, mugrientos o polvorientos."

Pez ardilla

Pez ballesta

Pez mariposa

Un pez es una criatura que generalmente se encuentra recubierta de escamas, respira por sus agallas, y vive debajo del agua. Todos los peces son vertebrados, eso significa que poseen una espina dorsal y un esqueleto.

Volando cada vez más alto

Los peces voladores tienen grandes aletas que usan como alas. Estas aletas le permiten al pez deslizarse sobre la superficie del agua a velocidades de hasta 30 millas (48 km) por hora.

Pez volador

"**T**odos estos animales son muy dichosos, ¡yo no sé de qué te quejas tú, tan lloroso!"

Juguemos al escondite

El lenguado domina el arte del camuflaje. Puede llegar a hacerse casi invisible cambiando su color y su aspecto, confundiéndose de esta forma con el suelo marino.

Tortuga mordedora

Bizco

Cuando nace el lenguado, se parece a todos los demás peces, pero semanas más tarde cambia. Su cuerpo se vuelve delgado y plano, y uno de sus ojos se desvía hacia un lado de la cabeza hasta que ambos ojos se encuentran al mismo lado.

Lenguado

¡Rrrrruuuuum!

El pez vela es
el cazador más
rápido del océano.
Cuando persigue a su
presa puede alcanzar
velocidades de 60
millas (97 km)
por hora.

Pez vela

Cráneo

Todos los peces
tienen esqueletos.
El esqueleto de un
pez tiene tres partes
principales:

Algunos peces,
llamados peces óseos
primitivos, tienen esqueletos
compuestos de huesos y cartílagos. Los tiburones y las rayas tienen esqueletos
formados por cartílagos solamente. Estos peces se llaman cartilaginosos.

Espina dorsal

Esqueleto de la aleta

Un viaje increíble

El salmón pasa los primeros
años de vida en arroyos y ríos
de agua dulce. Luego vive por
unos años en aguas saladas,
alimentándose y engordando para
regresar nuevamente a las aguas dulces.
Los salmones se enfrentan a rápidas corrientes, pescadores,
osos, cascadas, y diques para regresar al mismo lugar donde nacieron
para depositar sus huevos. Allí, la hembra cava un nido, deposita
los huevos y el macho los fertiliza. Cuando terminan de depositar
los huevos muchos adultos mueren y se descomponen, proporcionando
nutrición de gran valor para los huevos. De los 4,000 a
5,000 huevos que deposita una hembra,
generalmente sólo tres o cuatro
llegarán a ser adultos y
regresarán a depositar
sus huevos.

Salmón de Alaska

Lobo de mar del Atlántico

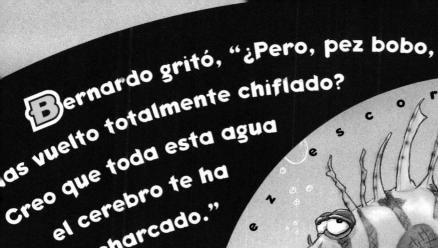

Bernardo gritó, "¿Pero, pez bobo, has vuelto totalmente chiflado? Creo que toda esta agua el cerebro te ha encharcado."

P e z   e s c o r p i ó n

Los cinco nombres de peces "peculiares pero reales"

baboso

cabrilla

gallina de mar

papagayo

torito

Si las miradas matasen...

El pez escorpión es uno de los peces más venenosos del mar. Tiene glándulas al final de las aletas que contienen un veneno muy potente. El veneno puede dejar a sus predadores inválidos y puede producir la muerte a los seres humanos. Este pez mide alrededor de 15 pulgadas (38 cm) de largo y vive en las rocas y los arrecifes de coral en las regiones cálidas.

Me agrando y me achico

El pez erizo se encuentra cubierto de espinas. Cuando se siente amenazado se pueden inflar hasta dos veces del tamaño normal.

P e z   e r i z o

Sin parar

Muchos peces pueden bombear el agua a través de sus agallas para tomar oxígeno. Sin embargo, la mayoría de los tiburones deben nadar constantemente para poder respirar. Al nadar constantemente, el agua es forzada a través de la boca y de las agallas para recibir oxígeno.

Gran tiburón blanco (jaquetón)

¡Sonríe

Los tiburones tienen varias hileras de dientes afilados como hojas de afeitar. Cuando un diente de la hilera delantera se desgasta, es reemplazado por un diente nuevo de la hilera trasera.

"Un baño está bien para un tiburón, un róbalo o un lucio.

Tiburón azul

Sin huesos

¡Los tiburones no tienen huesos! Su esqueleto está formado completamente de cartílagos, el mismo tejido que tenemos en la nariz y las orejas. Esto hace que los tiburones sean criaturas

"Pero yo no quiero bañarme, ¡prefiero estar siempre sucio!"

Tiburón sierra

Tiburón leopardo

"**En primer lugar, vamos a aclarar una cosa,**" resopló la orca blanquinegra, agitando su enorme cola.

Delfines mulares

Cachalote

Respira hondo

Las ballenas respiran a través de un orificio nasal en la parte de arriba de la cabeza. La ballena azul puede nadar hasta 1.500 pies (460 m) de profundidad y puede permanecer debajo del agua por varias horas.

Piensa en esto

Las ballenas, los delfines, y las marsopas están considerados como las criaturas más inteligentes del océano. El cachalote tiene un cerebro que pesa cerca de 20 libras (9 kg) – el cerebro más grande de todos los animales.

¿Todas las ballenas tienen dientes?

¡No! Mientras que los delfines y las marsopas tienen dientes, sólo algunas ballenas tienen dientes. Hay dos tipos de ballenas: ballenas con dientes y ballenas sin dientes. Las ballenas sin dientes poseen láminas córneas compuestas de una sustancia ósea que actúa como un filtro gigante. Pueden filtrar bancos de peces, calamares, y crustáceos (consulta la pagina 30). Los delfines, las marsopas, y las ballenas con dientes atrapan y se comen a su presa una por una.

"¡Ni siquiera soy un pez, sino una ballena muy hermosa!"

Ballena franca

¡Las ballenas, los delfines, y las marsopas no son peces! Consulta la página 24 para averiguar por qué.

Krill

¿Qué hay para comer?

El plato principal de muchas ballenas sin dientes es una pequeña criatura parecida a un camarón llamada krill. El krill nada en grandes grupos llamados cardúmenes. Las ballenas simplemente nadan con la boca abierta entre éstos cardúmenes, atrapando el krill en sus filtros. Una ballena azul puede llegar a comer hasta cuatro toneladas/8.000 libras (3.600 kg) de krill por día.

¿Pez o ballena?

El nombre "ballena", incluye también delfines y marsopas. La mayor diferencia entre los peces y las ballenas es que las ballenas son mamíferos y los peces no lo son. Esto quiere decir que las ballenas, los delfines y las marsopas respiran aire como tú y como yo. (¿Recuerdas como respiran los peces?) Las ballenas, los delfines, y las marsopas son animales de sangre caliente. (Los peces son de sangre fría.) Las ballenas, los delfines, y las marsopas alumbran a sus crías vivas. (Los peces ponen huevos.)

Ballena jorobada (yubarta)

Duérmete niño, duérmete ya ...

Las ballenas recién nacidas pueden pesar hasta 4.000 libras (1.800 kg) y medir hasta 20 pies (6 m) de largo. Para alimentarse adecuadamente, todos los días deben tomar más de 25 galones (95 litros) de leche materna.

¿Extinción?

Las ballenas han sido cazadas por el hombre desde finales de 1800. Se las mataba por su carne, grasa, y sus huesos. Se las ha cazado casi hasta su extinción. En 1987, se prohibió la caza comercial de ballenas, y hoy en día las ballenas están aumentando lentamente. Sin embargo, algunas naciones todavía cazan ballenas ilegalmente.

Viaja hacia el sur, joven ballena

Las ballenas grises hacen las migraciones más largas que cualquier otro animal en la Tierra. Viajan 6.000 millas (9.700 km) cada año desde la zona de alimentación en el Ártico hasta la zona de reproducción en las aguas del Sur de California. Alrededor de 20.000 ballenas hacen este viaje, y tardan entre seis y ocho semanas. Las ballenas viajan en grupos llamados bancos.

Marsopa de Dall

El más grande

El animal más grande en la Tierra es la ballena azul. Puede llegar a medir hasta 100 pies (31 m) de largo y llegar a pesar hasta 190.000 libras (86.000 kg). Por otro lado, la marsopa de puerto puede ser tan pequeña como cuatro pies (1.20 m) de largo y 100 libras (45 kg) de peso.

"Quizás seas una ballena," se sonrió Bernardo, "pero no oyes bien con las orejas. ¿Es posible que las tengas taponadas con almejas?"

25

Me fui de pesca

Veo,
veo...,
¿qué
ves?

El pez rape. o pejesapo. posee una luz al final de una larga y fina aleta que funciona como una "caña de pescar." Cuando los peces más pequeños nadan hacia la luz el pez rape los devora.

Alrededor de 1.500 clases diferentes de peces de las profundidades submarinas pueden producir su propia luz. Estos peces poseen unos órganos luminosos (fotóforos) que irradian luz. La luz está compuesta por miles de millones de bacterias resplandecientes que ayudan al pez a atraer su presa y a encontrar pareja.

Pez rape

Pez Dragón

Patito de goma norteamericano

e lo repito ahora mismo,
Sra. Ballena,
por última vez,
prefiero la suciedad,
el polvo y la mugre.
¡Yo no soy un pez!"

Los peces hacha tienen ojos que apuntan hacia arriba y funcionan como binoculares. Les ayudan a detectar pequeños peces que nadan por encima de ellos. La forma del cuerpo del pez hacha es plana y delgada. Esto hace que él mismo no atraiga predadores de aguas más profundas.

Pez hacha

Chauliodus macouni

Almuerzo Para los peces que viven en las profundidades del océano es muy difícil cazar a su presa. Debido a que pueden llegar a pasar varias semanas antes de encontrar comida. algunos de estos peces tienen un estómago que se estira para poder comer lo más posible cuando se da la oportunidad.

Arre, Arre, caballito...

El caballo de mar no nada bien y cuenta con su habilidad de cambiar de colores para esconderse de sus predadores y de deslizarse disimuladamente para tomar a su presa por sorpresa. Sus ojos se mueven separadamente para poder ver en dos direcciones diferentes al mismo tiempo.

Sr. Mamá

La hembra del caballito de mar durante la estación reproductora deposita hasta 200 huevos. El macho guarda los huevos dentro de una bolsa que tiene en su vientre. Los caballitos de mar nacen entre dos y cinco semanas más tarde.

Caballitos de Mar

La ballena solamente susurró, "no seas tan obstinado, criatura, y te enseñaré cómo la hora del baño puede ser una aventura.

"**E**scucha con atención–haz una lista si te apetece–los secretos del baño que conocen todos los peces."

Las rayas vuelan con gracia por debajo del agua, moviendo sus aletas igual que un pájaro mueve sus alas. Las rayas pueden crecer a lo ancho hasta 18 pies (5.5 m) y llegar a pesar 3.000 libras (1.360 kg).

Medusas

Rayas

Las morenas pasan la mayoría del tiempo en agujeros en los corales. Tienen la boca llena de dientes puntiagudos, pero generalmente sólo muerden cuando se les molesta.

Morena

Erizo de Mar

29

"Para empezar, no te

sientes nunca solo en la bañera. Invita a algunos amigos que te ayuden a frotar detrás de las orejas.

Carroñeros

Los cangrejos son los carroñeros del océano y comen casi todo los deshechos que encuentran en el suelo marino.

Los cangrejo las langostas y los langosti son crustáceos. Tienen antenas, pat con articulaciones, y caparazón duro para proteger sus cuerpos blandos en el interior. Los crustáceos más pequeños son criaturas microscópicas, y los más grandes son gigantes cangrejos arañas que pueden llegar a medir hasta 12 pies (4 m) de ancho

Cangrejo de mar

Cangrejo rojo

Cangrejo bayoneta

Cangrejo de Oregon

Esto me queda chico...

Como los niños cambian su ropa cuando les queda chica, los crustáceos también cambian sus caparazones. Todos los años se deshacen (mudan) de los caparazones que son demasiado pequeños. Los crustáceos también se pueden desprender de una pata o pinza que se encuentra atrapada o lastimada. La extremidad crecerá nuevamente en etapas cada vez que el crustáceo muda.

"Amalia, tu barco y el patito de goma, Beto, te pueden ayudar con ese trabajo molesto."

La perra Amalia

Cangrejo de mar californiano

Langosta Australiana

31

El **calamar gigante** es el invertebrado más grande del mundo. Crecen hasta más de 50 pies (15 m) de largo y pesan hasta 4.000 libras (1.800 kg).

Pulpo del Pacífico

"**Después**, mientras se llena la bañera, olvídate de tus problemas. El baño puede ser muy divertido si con espuma la bañera llenas.

Pulpo azul anillado

El pulpo azul anillado es el pulpo más venenoso. Se encuentra en las costas australianas. Aunque mide sólo seis pulgadas (15 cm) desde la punta de un tentáculo al otro, tiene una mordida mortal porque su veneno ataca el sistema nervioso de los seres humanos.

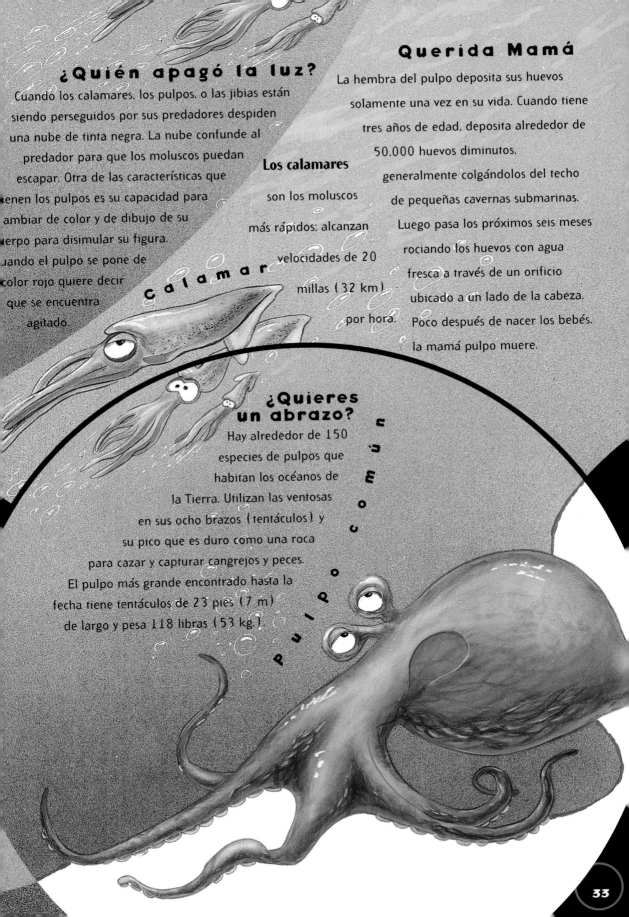

¿Quién apagó la luz?

Cuando los calamares, los pulpos, o las jibias están siendo perseguidos por sus predadores despiden una nube de tinta negra. La nube confunde al predador para que los moluscos puedan escapar. Otra de las características que tienen los pulpos es su capacidad para cambiar de color y de dibujo de su cuerpo para disimular su figura. Cuando el pulpo se pone de color rojo quiere decir que se encuentra agitado.

Los calamares son los moluscos más rápidos: alcanzan velocidades de 20 millas (32 km) por hora.

Querida Mamá

La hembra del pulpo deposita sus huevos solamente una vez en su vida. Cuando tiene tres años de edad, deposita alrededor de 50.000 huevos diminutos, generalmente colgándolos del techo de pequeñas cavernas submarinas. Luego pasa los próximos seis meses rociando los huevos con agua fresca a través de un orificio ubicado a un lado de la cabeza. Poco después de nacer los bebés, la mamá pulpo muere.

Calamar

¿Quieres un abrazo?

Hay alrededor de 150 especies de pulpos que habitan los océanos de la Tierra. Utilizan las ventosas en sus ocho brazos (tentáculos) y su pico que es duro como una roca para cazar y capturar cangrejos y peces. El pulpo más grande encontrado hasta la fecha tiene tentáculos de 23 pies (7 m) de largo y pesa 118 libras (53 kg.).

Pulpo común

" U na montaña de burbujas puede parecer un poco extraño, pero si las restriegas por la barbilla te dan una barba de engaño.

La Luna

Gravedad

Marea baja

La Tierra

Marea alta

Marea alta

Marea baja

¿Qué causa las mareas?

Si tú has estado en el océano tal vez has notado que durante el día el nivel de la marea sube (marea alta) y luego baja (marea baja). La marea alta se produce cuando la gravedad de la luna tira del agua que hay en la superficie de la Tierra.

Tira y afloja

En todo momento en la Tierra se producen dos mareas altas. El lado más cercano a la luna tiene una marea alta, pero también la tiene el lado más alejado de la luna. De la misma manera que la luna tira del agua de la superficie de la Tierra por el lado más cercano, también aparta a la Tierra de sus aguas por el lado más alejado.

Todo mojado

El océano es un inmenso cuerpo de agua salada que cubre tres cuartas partes de la Tierra.

La gravedad

es una fuerza invisible que hace que dos objetos se atraigan recíprocamente. La fuerza de gravitación se determina de acuerdo a cuán grandes son los objetos y la distancia entre ellos.

¿Cuán alta es la marea?

En ciertos momentos durante el mes. la luna y el sol se alinean de tal forma que ambas fuerzas gravitacionales atraen en la misma dirección. Cuando esto sucede. estas fuerzas gravitacionales más intensas causan mareas altas o "flujo" inusuales. Cuando la fuerza de gravitación de la luna y el sol no se encuentran alineadas. tiran en diferentes direcciones. trabajando en forma opuesta. entonces se registran mareas altas más bajas de lo habitual. Estas mareas se llaman "mareas muertas."

Muchas patas

Mejillones

Las estrellas de mar y los erizos de mar poseen cientos de tubos diminutos que usan como patas, mientras que las lapas y los caracoles de mar tienen una sola pata de succión.

Veneras

Protegidos por agudas espinas, los erizos de mar usan cientos de patas para anclarse y arrastrarse en las rocas. Se alimentan de deshechos que encuentran y de algas marinas.

Erizo de mar aplanado

Erizos de mar

Gobio

Lapas

"Ya ves," dijo la ballena, "el secreto de los peces, animales y niños, sin excepción...

Los cangrejos ermitaños

viven debajo de las conchas que han sido descartadas por otros moluscos. Cuando el cangrejo ermitaño crece demasiado grande para su caparazón, se muda a otro caparazón más grande.

Anémonas Marinas

Cangrejo Ermitaño

"**Es** hacer del baño una aventura— ¡deja volar tu imaginación!"

Langostino

Cangrejo de montaña

Erizo de Mar

Estrellas de Mar

Cuando las estrellas de mar pierden uno de sus brazos, pueden crecer uno nuevo. Esto se llama regeneración. A veces, cuando pierden la mitad de su cuerpo las estrellas de mar pueden llegar a regenerarlo.

¡Hasta la vista!

El lobo marino de California es uno de los pinípedos más rápidos; pueden viajar a más de 20 millas (32 km) por hora.

"Una noche puedes ser un pirata en busca de un tesoro...o un cazador de serpientes tan largas como la cola de un meteoro."

Elefante Marino del Sur

Los elefantes marinos del sur son la especie más grande en la familia los de pinípedos. Los adultos llegan a pesar hasta 6,000 libras (2,700 kg). Estas inmensas criaturas habitan las aguas congeladas de la Antártida y pueden ser reconocidas por sus grandes hocicos. Se comunican a través de una serie de sonidos que suenan como gárgaras, eructos, y

Nutria de mar

Las nutrias de mar pasan la mayoría del tiempo descansando en los bancos de algas marinas. A veces las nutrias se envuelven en las algas marinas para evitar flotar a la deriva mientras toman su siesta. Las nutrias usan rocas para abrir los caparazones de los erizos de mar, cangrejos, y otras presas.

Pinípedos

Hay alrededor de 30 especies de pinípedos que habitan cado uno de los océanos del mundo. Éstas incluyen focas, lobos marinos, y morsas los cuales se encuentran igual de cómodos en el agua que en la tierra y poseen una espesa capa de grasa que los protege de las bajas temperaturas de las aguas heladas. Son nadadores y buceadores extraordinarios y pueden llegar a sumergirse hasta casi media milla (1 km) de profundidad. Aunqu los pinípedos respiran oxígeno, pueden permanec debajo del agua de 20 a 30 minuto

La morsa tiene alrededor de 700 pelos en el hocico. Estos pelos son aproximadamente 35 veces más espesos que el cabello humano y los usan para buscar mariscos.

Morsa

Foca de puerto

Bernardo se incorporó gritando, "¡creo que ya te comprendo! Podría ser el capitán de un submarino tremendo, en una misión secreta para lavarme el ombligo mugriento."

**La ballena tenía razón –
el corazón de Bernardo se había ganado.
A partir de ahora el baño podría ser muy anim...**

Mi casa no es su casa

Muchas de las aves marinas hacen sus nidos en los peñascos de las costas y en islas rocosas las cuales sólo son accesibles por el aire. Estos lugares son muy seguros para las aves y también las mantiene cerca de la costa donde pueden cazar su comida.

Los grandes pelícanos blancos tienen picos adaptados para la caza de peces. Debajo del pico poseen una bolsa. Cuando el pelícano mete el pico en el agua, la bolsa se llena de agua y de peces pequeños. Cuando el ave levanta la cabeza, la bolsa aprieta el agua hacia afuera pero los peces se quedan atrapados.

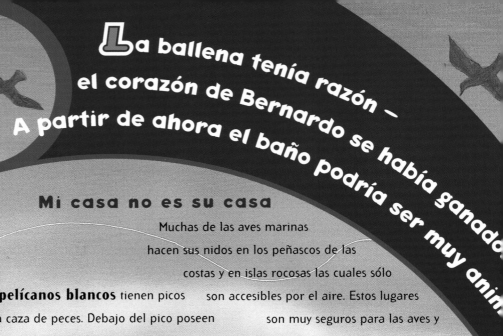

Grandes pelícanos blancos

Zarapito real (familia de aguzanieve)

Frailecillo

¿A ver ese pico?

Las aves marinas tienen picos diseñados para cazar y sujetar peces. Algunos picos tienen las puntas curvadas para evitar que el pez se escape. Otros están diseñados para martillar conchas marinas, y otros funcionan como lanzas. Algunas aves se lanzan desde 100 pies (30 m) de altura para pescar y lancear peces pequeños.

Albatros

Bernardo abrazó a su gran danés y dio un grito de alegría, "Creo que a partir de ahora, ¡me bañaré tres veces al día!"

Pingüino emperador

Somorgujo de cuello rojo

Pingüino de los Galápagos

Los pingüinos emperadores habitan en la Antártida donde las temperaturas bajan hasta los -70 grados F (-57 grados C). La hembra pone un único huevo y el macho lo cuida. El macho equilibra el huevo sobre sus patas para evitar su enfriamiento. A veces no come nada, ni se mueve durante nueve semanas, hasta que el ave sale del cascarón y la hembra regresa a cuidar al pollito.

LA ANTÁRTIDA

MAPA

41

La bañera blanca partió rumbo a su hogar,
dejando una estela de espuma en el mar.

"¡**T**ierra a la vista!" gritó la orca, guiñando el ojo a su tripulación, "Creo que anclaremos junto al lavabo, ahí en el rincón."

Bernardo estrechó la aleta de la ballena y dijo sonriente,

La puerta del baño se abrió y la mamá de Bernardo apareció. Le miró irritada y un poco regañona le advirtió:

"Has estado muy callado, jovencito, ¿Qué habrás estado tramando? Bernardo rió nervíosamente, "Nada, mami querida, sólo me estoy bañando."

Su mamá sonrió débilmente - y se fue por el pasillo - sin ver la estrella de mar que había cerca de bernardillo.

Fin

Acerca de los Autores

Douglas Kelly es un hombre muy bueno. Tiene una barba peluda y no es muy alto. (A Ray le recuerda a un hámster.) Doug trabajó por cinco años como diseñador de decorados para Will Vinton Studios en Portland, Oregon. Aprendió a ser un artista observando a su padre (el cual también es un artista) y estudiando mucho en Mt. Hood Community College cerca de Portland y en el Art Center College of Design en Pasadena, California. Doug le quiere agradecer a la Academia, a su agente, y a toda la pobre gente que pisoteó para ganar este premio. (Cuando le informaron que realmente no había ganado nada y que este es solamente un párrafo de información acerca de su vida personal, Doug parecía muy desilusionado.) A Doug le gusta jugar al golf, salvar gatos que no se pueden de la copa de árboles altos, y crear paz en el mundo.

Ray Nelson es una persona muy alta (seis pies y cuatro pulgadas) (1.92 m) y siempre le ha gustado dibujar criaturas extrañas y escribir historias chistosas. Dibujaba en su tarea para la escuela. Dibujaba en las paredes. Y dibujaba en su hermanito, Troy. Ray trabajó como animador y diseñador para Will Vinton Studios, en Portland, Oregon, antes de empezar su propio negocio, Flying Rhinoceros, Inc. Además de escribir y hacer ilustraciones, Ray habla con miles de estudiantes acerca de su profesión, de dibujar caricaturas, de escribir y de la importancia de tener persistencia, estima personal, y confianza en uno mismo. Hoy en día Ray se pasa la mayoría del tiempo entreteniendo a sus hijos, a su esposa Theresa y tratando de no meterse en líos. Ocasionalmente se le puede encontrar limpiando el pelo y la baba que su Gran Danés, Molly, a dejado por toda la casa.

Ben Adams

Reconocimientos

Nuestro agradecimiento especial a nuestros buenos amigos Gene Kelly, Ray y Chris Nelson, Sr., y Edna Nelson; Theresa Nelson, capitán de puerto; Victoria Collins, erudita en crustáceos; Mike y Holly McLane, expertos en explosivos; Kevin Atkinson, doble de acrobacias de Bernardo; Ben Adams, asistente de la perra Amalia; Susan Ring, afinadora de atún; Jacelen Pete, doble de acrobacias del pato de goma; Shaunna Griggs, entrenadora del pato de goma; Mark Hansen, erudito en peces; Troy Nelson, coreógrafo pinípedo, y Kelly Kuntz y todos los maravillosos niños de la escuela Primaria de Hiteon en Beaverton, Oregon. Este proyecto no hubiera sido posible si no hubiera sido por las contribuciones de estos grandes individuos. ¡Muchas gracias! Y gracias especiales a Alexandria Nelson por sus babas, sus pañales, y la nueva perspectiva que ella nos ha proporcionado acerca de los niños.

Ⓐcerca de los libros de Flying Rhinoceros

Los libros de Flying Rhinoceros están dedicados a la educación y el entretenimiento de los estudiantes de la escuela primaria. Flying Rhinoceros también ofrece materiales auxiliares con organización de lecciones y juegos que acompañan a todos sus libros. Para obtener más información, póngase en contacto con Flying Rhinoceros llamando al **1-800-537-4466** ó **bigfan@flyingrhino.com**

Otros libros de Flying Rhinoceros:

El Almuerzo Raro de Eduardo Bichero (Insectos)
The Munchy Crunchy Bug Book (Insects)

El Gran Despegue de María y Sofía (El espacio exterior)
Connie & Bonnie's Birthday Blastoff (Outer space)

Dientes de Madera y Caramelos de Goma (Presidentes de los EE.UU.)
Wooden Teeth & Jelly Beans (U.S. Presidents)

Un Dinosaurio se Comió Mi Tarea (Dinosaurios)
A Dinosaur Ate My Homework (Dinosaurs)

La Batalla Contra el Tedio (Cómo dibujar caricaturas)
The Battle Against Boredom (How to draw cartoons)